李煜如信

张 炜 著

河南文艺出版社
· 郑州 ·

　　张炜，当代作家，中国作家协会副主席。山东省栖霞市人。1975年开始发表作品。著有长篇小说《古船》《九月寓言》《刺猬歌》《外省书》《你在高原》《独药师》《艾约堡秘史》等21部；诗集《皈依之路》《家住万松浦》《夜宿湾园》《归旅记》《费加罗咖啡馆》《不践约书》等多部。2020年出版《张炜文集》50卷。作品获茅盾文学奖、优秀长篇小说奖、"百年百种优秀中国文学图书"、"世界华语小说百年百强"、中国出版政府奖、中华优秀出版物奖、中国作家出版集团特别奖、华语文学传媒大奖"年度杰出作家"奖等。作品译为英、日、法、韩、德、塞、西、瑞典、俄、阿、土、罗、意、越、波等数十种文字。

目录
contents

一

辑

稀疏的银杏林

你高贵的金叶即将落下

安静的深秋在默默等待

一个人踏着寂寥的干土

走向深处的忧郁和喧哗

草叶是枯弦被风弹拨

鸟儿追逐昨日的初恋

一切融化在蓝天之中

化为白帆一样的游云

如此安详自尊肃穆淡漠

像一位历尽沧桑的男子

面对空洞的世界不再言说

心中装满了充实的岁月

在恰如其分的距离之间

上苍创造了伟大的自然

在完美现实的颜色里

感受无穷无尽的空虚和美

一步步度量时光的温度

它如期而至的全部恩泽

2018 年 10 月 6 日

观板索里[1]

折扇一指色凛厉

蛾眉凝处无悲伤

远山之火渐渐熄灭

等待的弓弦已经松弛

突传风中悄吟

银霜狂卷山坳

听，一枚松针落地

明眸发出浩叹

沧桑似月光流淌

半岛沉入夜海深处

故事汇入一片汪洋

---

1   板索里，韩国传统说唱艺术。

全场屏息静气

注目那个美少年

她穿了黑色侠客装

2018 年 10 月 17 日，于首尔

蒹葭颂

灵感来自大地和天空

一个紫色闪烁的地名

秋风洗涤蝈蝈

双羽披上霓虹

小到无法再小的脚趾

踏出天边的渴饮

引来夏日的峥嵘

一个迷途老兵

不甘心枪的锈蚀

奔赴激烈的战争

夏天苍白酷热

冬天黝黑干硬

直等到不幸的秋天

老鼠给猫系上铃铛

在清脆的鸣奏中

宿命躲进永恒

二十余年曲线摧残

无边无际漫漫长征

面色凄怆的男子

赢得了庸俗的名声

2019 年 11 月 30 日

紫色的梦

那片阳光下延伸的

一垄垄薰衣草的紫色

在南方小镇上

一些老人和艺术家

忙着刻下田野和青春

小鸟隐入林中

山坡松林稀疏

石屋窗前长出绿苔

哲人久久盯视

爱情姗姗来迟

顽皮而阴郁的姑娘

两条胳膊长又长

消失在严肃的台阶上

下午和清晨的小叶菊

在风中微微摇晃

默念荷尔德林的惆怅

一些人正在离去

另一些人又要来临

一沓一沓的纸，浓墨

一束又一束薪火

陪伴这独自咀嚼的

是无声无息的黄昏

2020 年 5 月 16 日

脖扣颂

将脖扣换成新的

它兴高采烈地看着我

诉说此刻的心情

思来想去全无悲伤

一条小径开满雏菊

一家酒馆闪着幽光

让我们见贤思齐吧

纪念的日子就在前方

在那个不会抒情的远处

冬雪的背影渐渐离去

伫立的小狗哈着气

默默的，神色低垂

想起三年前的簇拥

一无所有的脖颈上

依偎和环绕的芬芳

2020 年 5 月 16 日

吉祥少年

我遇到一个吉祥少年

年纪轻轻学会了抽烟

背诵《诗经》和《楚辞》

笑声朗朗劣迹斑斑

谈到往事，如何跟定坏人

怎样永不变心

一头白发的不老翁

满腹狐疑的浪荡子

谁借走谁的智力和光阴

谁偷走谁的狗心

记得那个绵绵雨夜

湿淋淋的家伙回来了

酒气熏天，耍帅

然后就有了一个粉色宝宝

然后就长成了惊世少年

从此踏遍世界无所惧

何处都找不见缠绵

2020 年 5 月 18 日

青年笔记

在一条大船上晕吐

驶入面目可憎的水路

为了登上那座小岛

全都变成了中毒的猫

黑色的浪涌和灰色的风

摇篮中不可忍受的轻

我们青春似火又似水

到处寻找出其不意的人

寻找可以骗人的故事

你是轻信的好姑娘

手捧馒头热泪淌

我是走失的大响马

目色苍茫手中无缰

在山西大同看云冈石窟

留下一帧小小的合影

你叮嘱千万要珍藏

六十岁不过是时光一晃

老茧磨出了哲学家

苦难煎成一滴滴才华

想法挽留浅薄的青春

深沉其实是终身大敌

天真烂漫的藤萝架

数不尽的吹嘘撒在星斗下

少年拔剑唱决绝

追随那个传说的游侠

一群挥霍者来了

到此一游，不留积蓄

千金散尽斗美酒

嫉妒中伤和变修

浪荡子永远在路上

他们全是大榜样

一些不可救药的世纪儿

一条走不完的冤枉路

苦命的追赶接踵而至

噩梦吓得哇哇大哭

心仪的家伙是游戏高手

最后失于凌空一跃

可怕的消息吹在风里

我们已经踏上征途

只能往前，无法打住

2020 年 5 月 18 日

想起一位老人

"此人头颅甚硬"

我对画家指出

他记下并加了着重号

双眉紧锁一筹莫展

饮食无味汤中无盐

直到半年后的一天

阳光灿烂，朋友

夹着一本书和一卷纸

进门欣欣仰着笑脸

讨一杯浓茶，盘腿

一点点摊开宣纸

横看是一座山

竖看是一条涧

退远些才看清

是一位老人坐看高天

2020 年 5 月 16 日

东湖记

看流淌不息的长泪

一天到晚双睫低垂

大江上渔火未熄

沾水的赤炭冒出浓烟

日夜思念那个秋天

姗姗来迟的一位少年

站在一无所知的阶梯上

古铜色的盔甲披挂霞光

金桂飘洒的日子里

一群外国人嘻嘻哈哈

一个颀长的金发女子

饲喂一群矜持的流浪猫

捧出面包和香肠

去青年园构思演讲

踏响满地落叶

水蓼花静静开放

思想吹不到的微风中

有这么多细小的盐粒

又一次走近那个池塘

一只伫立的水鸟在观望

浊水里游弋肉食动物

大鱼鳍时隐时现

漩涡消逝的一刹那

撞到出淤泥而不染的莲花

一池秋水颜色愈重

藻叶上落满乌云

风起了，片片枯叶向南

飞过中途即变成乌鸦

落下时，小先生

清纯的眸子一片惊慌

在梧桐语酒馆里

看它们围拢和散去

水洗不掉这么多痕迹

这么多叹息和坠落

流星雨和一地打碎的心

老人的缄默和少女的哀歌

不敢回想那些眼睛

里面的恨意深不见底

那个时刻像秋果跌破

东湖里汇聚了羊群的消息

栈道上走着一串串灵魂

那个胖墩墩的老朋友

那只散发着桃子味的手

全都呼啸着去了远方

去重复一万遍的绝唱

还是那个下午的落叶

我在踱步，厌恶自己的怯懦

害怕变成一枚空心核桃

问古城消息，长眠结束

一串哈欠和思想的利器

剑匣里的金属抹布

银屑和锈色已经铺满

我轻按一颗绿松石

它弹跳而起，飞到高空

落入那个小小的蜂巢

那双层小床的下铺

燃起腾腾不灭的火焰

无法言说的怨恨来而复去

无法钟情的少年自作了断

挽手去一个冷寂的寺庙

在干枯的双目下悄悄吟唱

听他讲老齐国的故事

听夜里的千年箫声

飘过树梢渐次南下

汇在一片呜咽中

削了又削的短发，我的手

不能遏止的心跳

在荷叶上停了一瞬

想起几十年前的夏天

一个冒险的雨夜，淋湿

伏在石阶上泣哭

不知如何归去，回返和逃亡

闪亮的匕首像一条飞鱼

插入层层浪涌和泡沫中

最后留下的是自己的记忆

化为波涛汹涌的长江

谁说一切皆为偶然

谁说涂抹的必定是苍凉

我会继续你的追问

直到皱纹纵横芜发散落

咱们和无知的黄口比试青春

像苍健的老牛那样倔强

有一些生灵是吃苦耐劳的驴

它们驮来整整一座村庄

抚摸它背上的太阳

还有光滑流畅的胸膛

天地间美善无尽，然而

灾难却在一夜间降临

在水的那一边，在山岭后

在卑贱的欢宴下潜藏

一条路走了几十年

一直未见那个冷酷的真容

比噩耗更不幸的信使

倒在灰色的湖边

喉部闪烁锋利的刺伤

割裂了一匹千年锦缎

在幽暗的火焰下平息

胸脯不再急剧起伏

去菜市场选一条鲈鱼

一袋晶莹剔透的青瓜

我心疼的暮年就这样准备

湖边上最后的一次晚餐

在都市里筹划诛心策

不知道蝙蝠已从漆黑的洞穴

迁移，稍事休息，而后

长袍亲家梳洗燕尾服

追赶无头无尾的车队

懒洋洋的歌声响起

悠远的钟声胆怯地敲击

云色愈浓，雷鸣隐隐

躲过一场酣畅淋漓的雨

在这个特别的月份

湖边人无心做清蒸鱼

讲述几十年前魔鬼的故事

那个令人生畏的童话

少女在古亭里怦怦心跳

等待城堡里一个老妖

听到了他出门时的手杖

他与河马交换青草

坐在石榻上操练咒语

少女的心像青蛙一样

扑通一声跳进水里

告别的日子说来就来

满地落英化为屑末流淌

异族人吵闹的夜晚即将过去

于十一月初收拾行囊

给几只美猫留下干粮

出门，拖着装满石头的行囊

脚下的台阶无法尽数，无法

再次回到记忆的远乡

2020 年 5 月 18 日

姑母

我在无眠的长夜

想起你短暂的怜惜

揩去一路汗粒，端水

喂我淀粉饼和瓜干酒

告诉一根针穿过手心的

疼痛和游走，这么多年

就像一个传奇故事

叔父

你听不见我就大声喊叫

你报以憨厚的微笑

冬天的火炕烧得滚烫

我还年轻，身上也有火

你诉说可怕的山风

装作瑟瑟发抖的模样

夏河

那是最愉快的去处

月亮和笑声，鱼和水，卵石

还有闪闪发光的青春

顽皮的人躺在湾里

等待捉鱼的手伸过去

欢快的骂声响起来

一个姑娘哽咽着跑了

会计

他从眼镜上方望过来

深沉的目光让我害怕

复杂的账目握在手中

所有人都被他算计

那双没有老茧的手

摸过了什么，什么就发抖

桌子发抖，大婶发抖，小孩子

呼啦啦跑得无影无踪

老哥

本族老哥壮如橡树

脚硬如石，不穿袜子

黑大愤怒的眼睛瞥着

想找出对我不好的人

像保护一只绒毛小鸡

站在身旁，夯着手

一个冬天的黎明他去了

从此我就成了一个可怜的人

工厂

我在河边办了一座工厂

竖起了高高的烟囱

三两排红砖瓦房

还要套一道围墙

它一边临河，一边悬崖

就像一个险峻的堡垒

半夜涉河而过的心情

好到了无以诉说

每晚都有清纯的月亮

钟表

女老师说钟表又坏了

让我拆开修理，不慎中

真的打开，立刻后悔

它的内脏太复杂了

无数的齿轮在转动

我吓得差点哭出来

想落荒而逃，想夺门

可她笑吟吟地安慰我

递过一把挖耳勺似的工具

盲人

如此英勇的智者突然

失去了光明，以手探路

摸到了我的脸，说是我

是我，是那个愧对你的人

我记住了许多日子

每一天都有你的声音

你在教导我，陪伴我

为什么逃得那么远

我恐惧什么？我无法回答

房东

金黄的玉米饼和煎鱼

炖蘑菇，蓬松的馒头

散发阳光气味的被子

平台上凉爽的风

奔跑的孩子和一群串门者

上山收花生的日子

锅里堆满的地瓜和芋头

自行车铃声多么清脆

当家人从镇上回来了

蚕山

听说有一个悍人爬上了

蚕山最高处，那个崗顶

我们就愤愤不平起来

那个中午热极了，水中

所有的小鱼都躲在草里

汗流成河，仰望裸露的山石

像看一个传说，一个谜

大火

屋顶是红的，明明暗暗

一点点落下来，落在背上

忘记了疼痛和恐惧

燃烧的是我自己，四肢

突然变得力大无穷

我从滴落的焰火中抢出

一只笨重的瓷坛

里面是汽油浸泡的胶浆

采菇

第一次去山上采菇

看到了棕色的草兔

密密的灌木丛里蹲着

一些嬉皮笑脸的人

他们篮中空空，后来

装了一把草叶，一枝菊花

下山时无比愉快

都说来得不是时候

因为雨后才有蘑菇

读书

五六个人围住倾听

凝神，微笑，大笑，惊讶

午饭后的一小时

属于写在纸上的传说

一本翻卷残页的破书

在大家手中传递

"识字真是好事，要识字"

沙河

一条干涸的大河载起

喧闹的人群，不见头尾

每月都有一次大潮涨满

拥挤各种旱船和风帆

驮起山一样的杂货

神奇处处，五彩斑斓

这边是通红的铁块入水

那边是一口沸腾的油锅

有人把一只粗粗的铁棍

吞进了肚里，然后喝水

鹦鹉又骂人了，四川话

机器

咱们要造一台机器

绞尽脑汁夜以继日

先学绘图，用比例尺

去老太太的车间学习

这种事情要有耐心

追求的是科学的精密

开动车床电焊拧无数螺丝

最后再安一个好看的仪表

有仪表才是机器

谁都不敢把我们小瞧

来信

鸟多信少，大多数人

一生都收不到一封信

而我在半年多一点

就收到了一封信

来自邻县，辗转中弄脏

打开却是簇新的纸

稚拙的字迹

让我看了无数遍

夜里放在枕边

山路

真正的山路是岩隙里

起伏弯曲的痕迹

草被踏伤，石块

磨得又滑又亮

这里不能通行车辆

独轮车也无法驶过

草篮和担子，行人

默默穿越，出没内外

村外那些宽过一米的路

才是大路，也叫官道

花边

所有女子都在织花边

飞掷小木槌，令人眼花

从十岁织到七十岁

两眼昏花才停止

织成的花边被收走

要送到遥远的地方

不知去哪里，不知最后

怎样镶缀，变成何等模样

"织花边"，吐音浓重

强调了庄重的生计

亲戚

石板路的上坡和下坡

两旁的黄石小屋

还有最南边的河湾旁

都住了亲戚

邻村，山的那边

还有三两个亲戚

远远近近，纠缠不清

一般都有亲戚

酿酒

最小的地瓜和根须

破碎的瓜干屑末

都要用来酿酒

这是排在油盐酱醋之后

最重要的物品，它离

茶和主食稍远一点

属于上层建筑和浪漫

这种事交给长辈才好

五十岁以上无师自通

熬冬

每年都有一个不大不小

人人尝试的关口

它的名字叫"熬冬"

时间为两个月或更长

要看运气，要看北风

老人们更多地念叨

这两个字因不祥而有趣

年轻人衣衫单薄乱跑

最后也藏在屋里

"熬冬"就此开始

杏花开的日子

有人走出来，有人不能

穿绑

入冬半月后换鞋子

棉鞋改成蒲窝

还有人穿奢侈的毡靴

等到屋檐生出冰锥

麻雀死在院里

出门就要穿"绑"

那是生猪皮包了麦草

绑裹在脚上的怪鞋

其名单单一个"绑"字

2020 年 10 月 11 日

二　辑

时光小札

光束飞射，它前边

重重叠叠的尘埃

覆盖了扁平的空间

一匹心爱的白马

鞍上放了一枝花

几页散落的纸和一本书

一无所求的深处

默默生长出一片

等待领受的光荣

双睫低垂，面色懵懂

像沙漠上的异族少女

伸出粗糙的小手

召唤屋顶的鸟儿

2019 年 11 月 23 日

掠夺

我这件翻毛皮袄像一个人

一个很老的北方男人

夜夜伴我安眠，呼吸

沉重，吹拂我的胸口

我感受它粗大的骨节，沉沉

温温的手掌，突突的脉动

沉稳不语的陪伴已经太久

我们没有友谊和感谢

只在一起，相互拥有

当我恼怒推开它的时候

它一声不吭，伏卧自处

我为路旁的花草而欣喜

披上它奔赴一场欢宴

饮下滚烫辛辣的烈酒

燥热让我愤怒烦腻

将它掀翻在地，然后

遗忘在一个角落，那个

苍黑无光的冷寂中

当我一觉醒来，酒晕散去

这才若有所失地寻找

将它从沉昏的期待中抱起

它好像在我怀中颤抖

有一天吹起烈风

一个粗蛮的家伙闯进门

没有拿我的雕花手杖

却直奔正在歇息的它

它靠在椅背上，呼吸均匀

强盗一把抢上肩头，笑骂

"一件破皮袄"，扬长而去

我在瑟瑟抖动中心头刺痛

就这样，失去了陪伴最久

最后的一位兄长

2020 年 6 月 25 日

崮上养蜂人

寻找沂蒙七十二崮中

那条古寨山门和青石路

在紫荆花遍野的羊肠上

蠕动着一只橘猫和黑狸猫

它们兴冲冲迎接远客

几个平原骚人和酒徒

追赶一场芬芳的尾声

封闭的六边形小巢

一阵阵吹起的微凉

掺进古老的故事

变成奇异的木香之味

攀登几百个台阶

是一夫与万夫对峙的门

而今踏破这关隘的

是了无新趣的旅人

只有天真烂漫的蜜蜂在忙碌

它们依旧讲述着千年童话

2020 年 10 月 13 日

旧谊流水账　　一

将青春的一部分归还旧谊

一笔又一笔，记得清晰

无误的细节开始洇出

看到蜡染花布和牛仔裙

抚摸这带了体温的纹理

帷幕后面响起惊险的脚步

散开，由近而远，或反方向

好像生命又一次开始或结束

好像文学青年遇到了笔会

在暮年老酒的浸润下

我们的诉说大同小异

二

好东西啊，你在遥远的沙漠上

种出了一棵美艳的黑心菊

海边的蜜蜂悉心酿造

一杯最纯的橙色甜汁

与之共饮者是哑嗓子的少女

她无比诱人的额头下

有一双漆黑如蓝的眼睛

而后，一切故事都为旧谊

中心唱段从爬升到结束

有一场人生的宣叙调

朋友热盼的那个华彩乐章

只留给未来的三十年

三

我们都在打磨一把锋刃

准备一次热浪下的收割

好迷人的麦香，锅饼熟了

臭小子赶来，锦衣夜行

月光皎洁踏霜而去

追赶白炽灯里的风琴声

我告诉你果园深处的温情

你诉说那头老牛的眼睛

怀念那棵沙原上的杨树

它是我的昨天，我的全部家当

有人用一吨黄金前来交换

被我毫不犹豫地拒绝

四

夜色深重，窗外雾幔拉合

裹紧咱们的小屋如同鸟窝

没有炉火和沸滚的茶

只有一颗五十年代的老心

在不声不响地赶路

请忍住阵阵颠簸

满是印痕的黄泥蜿蜒

向着不再喧哗的终点

心灵的口袋已经鼓起来

稍事休息，还要背上它

2020 年 10 月 15 日

论独处

我与它讨论一个深奥的话题

用手势和目光，用呼吸

长长的胡须上颤动着经验

鼓鼓的鼻梁上写满了阅历

继承了一万年的精神遗产

才能如此沉着安然

不事声张，静卧，幽思

睡榻下藏了一部诗章

它四周涌流干燥的光

空中闪耀着一条条飞鱼

鳞色在窗玻璃上划过

额头刻下诱惑的纹路与分量

这一族的威仪留在视野里

在淡淡的忧伤和清寂中

胸襟起伏，默许时光

它隐秘的爱情，就是远山之外

一棵浓叶墨绿的青杨

2020 年 11 月 2 日

死火山之歌

干枯的独眼望向上苍

冷寂干枯冰凉，没有风

没有声音和水滴的垂落

无数的光明埋葬于黑夜

矿石变成飞末溅向海洋

向日葵的种子镶起记忆

寻找创世纪的辉煌和蛛丝马迹

在巨隆的另一面跌下银针

缝合撕裂在光年中的碎片

无畏的鹰隼飞过上方

少年满脸珠汗往上攀登

巨人不再醒来，除非有一个

木槿一样的少女发出呼唤

脸色蜡黄的诗人哽咽了

他找到了最好的比喻

2020 年 10 月 15 日

深秋和初冬

姜黄色的羽绒服和红叶

等待一场轻飘的雪

洒满庭院，然后去郊外

放空四十年的惆怅

一头花鹿唰唰奔跑

包着紫色头巾，回眼

追逐一只风中的雨燕

它遗落在外乡，在苦寒之地

结冰前装好一只火炉

为四蹄动物煎一壶浓茶

像饮酒一样轻轻碰杯

手抖得厉害，这样的时刻

无计可施，只能重蹈覆辙

好在天冷了，雪越下越大

严肃的日子里读书破万卷

深沉的意志变得松散

一封短笺写了三十年

小老虎的额上失去王字

时过境迁，多愁善感

冷艳的大眼虎视眈眈

多么恐惧的一只手和一颗心

季节既不饶人，脚步也未放缓

2020 年 11 月 4 日

南部山区

泰山余脉向北起伏，延宕

将一串音符拖得很长

请听一首雄浑的交响乐

它包含了全部的欢乐和悲怆

一排高耸壮丽的管风琴

正发出浑然肃穆的合唱

一

山民藏下这片丰饶之地

红薯在砂层里汲取糖分

所有硕胖的块根都长得丰实

山兔开掘自足的生活

生灵联手，秘而不宣

厌恶喧哗和陌生人踏入

这片青黑和灰色的皱褶

担心他们踩踏小路上

那些开黄花的无名小草

尽管野物在前边引领

也害怕山外人打破安宁

二

山间的回响微小而清冷

鼹鼠的小爪灵巧专注

抱定一颗陈年野枣，商量

怀抱它去走亲戚

家族的事情烦琐而刻板

这里的生活不同于北边洼地

那个庸碌的城郭叫济南

吵得很啊，好像每天都有战事

好比是，不，它就是真正的前线

而山地雾霭下才是大后方

是我们幸运儿的家乡

三

人们把石头古堡献给山地

修建台阶和拱门

凿出一个密室放南瓜

野蜜要藏在更隐蔽的角落

留给心花怒放的时刻

这里的喜庆比悲伤多

只要竖起耳朵就能听到

小孩降生兔子下崽，狐狸

装扮成让人心疼的俏妇

一扭一扭走在爬坡路上

四

朴实拙讷的山民被阳光

晒出了苦草的气息

他们后背全都变色了

就像有皮的石头，被风

抚摸照料了几千年

谁都不笑，不善言辞

那双坚硬的手可真能干

连机敏的黄鼠狼都表臣服

小百灵在高天唱个不休

这是野生的底层歌手

五

秋天是选美的最好季节

五彩缤纷的浓妆满山遍野

地衣湿滑，刺猬跌跤

老洞妖慢腾腾爬出深穴

在千年大战的山门下遥望

担盐的汉子必要经过此地

这次要向他讨个大颗粒

狗獾的胡须长出了二寸

学会背诵"苟日新日日新"

把古老的文明撒向彤云

老族长不停地敲击悬起的铁

那是一只万物景仰的钟

六

为了生活得有趣和郑重

这里个个虔诚，敬神灵

无所不在的眼睛看着人与石

草与树，狗与猪，鸟与虫

那只百足蜈蚣变得格外谦逊

老太太在午后三点的阳光下

耐心地晾晒一片柿饼

火红的宝贝，出售给济南城

为可怜的前线将士解馋

以防他们循着逼人的香气

拥进这座安逸的花园

七

这里的最高裁判者是泰山

他伟岸庄敬寡言少语

处理东海岸的繁重事务

西疆北陲纷纷来攘去的使者

戴高筒檐帽或披挂狐狸尾

各色人等，齐来朝拜

这里是精神和权力的结点

有无数来往文书刻石为证

多少绝色美人儿也来了

贵公子在山下安心等待

一位衰弱的帝王被抬上山巅 [1]

坐在松下，双眼痴呆

八

济南城供水及其福利人事

全部要经过泰山批准

这隐而不彰的巨大权柄

在山雾下存在了几千年

写在三叶虫化石中

法规如铁，连小蚂蚱都知道

而人群中只有诗人通晓

听到一点点风，高声喊叫

---

1   公元前 219 年，秦始皇封禅泰山，遇雨，在松下避雨，后
     封此松为"五大夫松"。

惹得钟楼老主人大恼

战事日紧，泉水干涸

南部山区却一派花团锦簇

九

穿过长长的黄石小巷

探望油灯下打坐的老人

他等待日落时分那只

四声杜鹃的啼鸣，好了

搓搓脸，睁开慈祥的眼睛

深眼窝里藏了异族人

万里奔走的故事，他们

有无穷无尽的爱和怜悯

凿石百年只为修成一座

永不愧疚的高耸尖顶

蓄满旷野和上苍的声音

藏在山的深处，深处

十

无数个小小的窗洞微敞

俯或仰，或对视张望

一小片蓝色分割成菱形

将聚居者郑重收敛的气质

锁在半封闭的小院落

里面是悄无一声的生存

那些发掘半生的块根堆积

在石板上地窖中草筐内

在火苗的灼烤下开裂

孩子黑红粗糙的笑脸

蝈蝈无时无刻不在伴奏

南瓜日日夜夜都在思索

十一

起伏错落气喘吁吁，攀走

在精疲力竭的遗忘的城堡

这是被丢弃的时光还是

小心珍放的秘道和衷肠

这里的颜色放射出朱砂红

孔雀蓝和绛紫，枯干的鸡冠花

泛着淡淡的血色，鼩鼱的尖亮

无限的沉迷和警觉分布在

千沟万壑中，扎根的石头

长长的呼吸于午夜吐放

徐徐吹动，让浅草倒伏

一只山鼠孤零零地站立

望着深红的野枣一颗颗跌落

又一个大动物在夜色里出没

像人一样大，比人矮

十二

前方血泪交织，无法

言和与止息，戏剧里的假人

手掌翻飞口沫四溅

古城沸腾的悲喜剧的余波

滚滚拍击南部陡坡

坚硬的石头纹丝不动

火药一闪而过，遗留的气味

像污浊的凶兽鼻息和狐臭

不祥的凶兆消弭于风中

狗尾草结出一捧捧种子

碾压出米香，赠予冬天的麻雀

山民与信赖的小鸟比邻而居

命运交给连绵的堡垒

十三

细碎如白银的声音

化为光点抖动的波涛，淹没

连绵起伏和五光十色

一切向下沉淀，堆积成丘陵

万千活物跃动，焕发灵性

嗅出这个世界的边界和方向

用小蹄爪剥离出硝烟和清风

寻找异类中母性的温情

等待爆发的机缘，猝不及防

然后是铺天盖地的慰藉

一袭浑身战栗的闪亮皮毛

一双永生不变的瞳子，恰如

清澈纯美无一丝污浊的少年

十四

咿咿呀呀的山歌被大雁携走

去北方，去冰天雪原的酷寒

告知和融化冻土带上的白花

将艾香糯米做成一张薄饼

覆盖那片可怕的纬度

五岳之首的余泽悠远绵长

悲悯无测的情怀和清泉 [1]

钻出一座闹市变成矿苗

让有心人一代代开采

凿穿几个世纪的隧道

登上遍布奇迹的高地

一眼看到摇荡无边的山草

原来所有的隐秘都在南部

这里是忍耐和生存的宝藏

2020 年 10 月 30 日

1　济南素有"泉城"之称，有著名的"七十二泉"。

盆景师

盆景师在河南郑州

我年轻时的天才挚友

相约春天去海边小住

带上往日心情，携家眷

饮老酒弹一首古曲

然后教我制作盆景

近在眼前的辽阔和沧桑

青春与衰老，岁月和焕发

相互注视和沉思

流逝中的不朽时光

2020 年 11 月 1 日

挚友口信

你来了，难以启齿的那一刻

喘息和微笑，不停地抿嘴

用力藏下挚友的一个口信

它言简意赅，含意丰厚

却担心棉花包裹刀子

汽油遭遇明火

紧握双手，摇动拍打

只是不语，沉默，善良的眼睛

看得人脸上发疼继而火烫

拥紧吧亲爱的兄弟，朋友

我时而嫉妒的福人儿

度过了六十年最好的夜晚

才会生成这样稀疏的毛发

以及稍稍浮肿的泛红的面颊

我们共同的爱恋如今只剩下

这边厢的热望和阵阵猜想

老友歇下了，就像冬眠的熊

已经吃下了太多的蜜

悲剧总以无察的方式发生

悲剧必定关于爱欲和情事

隐蔽的第三者和憎恨

还有一些隐而不彰的私语

一些小道消息，传闻

在傍晚一溜小跑的喘息

羞涩的背景实在太大了

生活匆忙得无暇自我谴责

相逢一笑泯恩仇，只有酒

浓香型和酱香型，忍耐

度过百无聊赖的双赢岁月

你的智慧令人感动

这是文明赠予的大礼盒

携着它走过整整一生

那些激愤的黄口小儿差多了

他们只会喋喋不休诉说忠贞

没有一点生机勃勃的创造

比如生命的昨天和真情

一闪一闪的紫色大眼睛

猫科动物的慵懒及温柔

从头歌唱的日子终会来临

双手紧握，泪花闪烁

等待对方起调，定一个音高

那个并不杳渺的下午和晚上

在镶了棕色护墙板的长廊下

猫儿舔着粉色的鼻梁

在微小而雄伟的步伐中丈量

从此地到梦幻的距离，然后

垂下长长的睫毛，哈着气

从零度稍高的地方丝丝升起

掠过笨重的腿部往上，抵达胸口

在隆起的山峦上剧烈起伏

像东方人迷上的自由诗

那是各自书写小笺的日子

在窗前的寸寸光阴下

在身后的余热和平庸的颗粒间

搜寻簇新的开放和枯萎

手中的这束白丁香永垂不朽

我们从来不说那个字，它太俗

我们只说憎恨，用它的力量

描述那个过于缥缈的未来

在鲜花酿成蜜汁的前夜

一个笑眯眯的老好人来了

手持一只透明的玻璃杯

和蔼的面容真吓人，像悲剧

大幕还未拉开的嘈杂间歇

仔细辨析嘶嘶啦啦的调试

从中找出那把小巧的心弦

它握在谁的手中，又由谁

不停地按压、揉动和拨弄

整个夜晚太长又太荒诞

却装扮得如此热烈辉煌

盲目狂欢的洪流淌向荒漠

没人看到角落里悲伤至死的人

在漫无边际的等待中敷衍

在烦琐的礼节中灯枯油尽

漫不经心地准备两场盛宴

妩媚和愚蠢合而为一

是"人儿"，可遇不可求的模板

"幸亏不是激情特别大的家伙"

高帽厨师指指点点，有言在先

酱香型来了，外加威士忌

摆上有百合的大花篮

让足够浓烈的大厅

响起若有若无的丝弦

无处安放的手在膝上轻轻拍打

好在大家都不是乡下老赶

打鱼人靠近大水，了得

每一个都见过大世面

我们在攀附中成为精神的芳邻

然后又在模仿中演变提升

最终确立这无与伦比的星座

比天蝎还要阴郁沉着的

机敏笃定的黑衣家族

琥珀液体散发出的气息

引人想入非非，不切实际

要打破庸常岁月的平均值

需要一只千斤重锤

可惜彼此只有一把榔头

敲敲玻璃而已，哗啦啦

独自啜饮的日子里展开

一沓浅黄色的精致小笺

清淡的色调通向千古幽思

看吧，琴与书的雅士旁

有一个轻手轻脚的童子

那双黑漆漆的大眼睛

闪动，写着千年迷思

我的衣襟上留有一些残酒

不知如何揩拭，不知

一弦一柱的锦瑟华年 [1]

又要从我们指缝间溜走

一个东方人的宿命由谁书写

古老的文明中有精密的齿轮

有缠绵的蚕丝和宣纸

华丽的衣裳和一把折扇

三两个低声细语的女子

---

1 "锦瑟无端五十弦，一弦一柱思华年。"（唐·李商隐《锦
瑟》）

清泉石上流，水声潺潺[1]

月影竹叶，凝结晶莹

阴柔的岁月好像漫无尽头

又像蜡一样在强光中融化

咱们打坐吧，有高桩蒲团

就拥有了静谧的心灵

迟迟收不到衰老的消息

就用可以容忍的速度上路

宽敞的卧榻早已备好

足以躺下两只笨拙的狗熊

进行一场有始无终的诉说

关于丛林，老翁和少女的不伦之恋

老毛子的趣闻，大作家的罪感

1　"明月松间照，清泉石上流。"（唐·王维《山居秋暝》）

还有站在宗教门槛上的遥望

钟声敲响，飞跑如箭，还是射中了

这一生真是足够幸运

最终因为爱情而伤残

无法簇拥的青春真苗条

我崇拜你粗糙而神秘的笑声

那个冬天真冷，你的双手

插在我弱不禁风的腋下

仰望一个忧郁的伪诗人

俯瞰一位圆脸聪颖的稚童

声带搞坏了，河边北风里

有不堪回首的初恋

踮起脚尖亲吻一头黑驴

它后来兽性还是发作了

安娜·卡列尼娜¹纯美而贞洁

不得不用偷情来获得免疫

一个黑衣女神的死亡

给星辰和大地刻上了悲伤

与那个长须老翁²的对谈中

苦茶沸了，香气驱走倔气

都是深深感激昨天的人

都有一个围了篱笆的小院

听打破碗花上小虫的喷嚏

一大早挥动镢头劈柴

挥汗如雨等待一个人推门

进来就掏心掏肺地说话

日子的匆忙和缓慢，快乐和艰难

1　长篇小说《安娜·卡列尼娜》女主人公，列夫·托尔斯泰
　　著。
2　指俄国作家列夫·托尔斯泰。

此刻变成一张摊开的饼

撒上葡萄干并用油煎过

我们一起享用啊，粗嗓子

我在闹市中开垦的这片荒凉

最适宜栽种狗牙草和人参

有一种生了癞蛤蟆皮的瓜

甜得人身上发麻，呲嘴时

梦见好事降临到乌有之乡

你在那里不停地翻身

垂暮之年仍旧渴望爱情

一些白发人才是谈论情事的高手

他们相约唱京剧，手牵手

在山凹红叶下并肩而坐

讲述波澜不惊的荤故事

她叹息，露出的宽舌上

有年轻时接吻的痕迹

"时光可真快！"骂完粗话

好像行过了必要的仪式

高亢的吟唱重新开始

金属般的少女又回来了

艺术像金子一样闪闪发光

大山深处那只蠢蠢欲动的野猪

谛听丝绒大幕垂落时

扑扑啦啦的声音，如同花瓣

粉红扑地浅浅一层

诗意降临，万籁俱寂

一场多么激越和盛大的美

满山的软枣熟了，捎给

我那个貌似冷漠的朋友

最可爱的人总是不解风情

留一对短辫，平胸，帅气

然而却有独一无二的母性

大都市就是一座大食堂

师傅们一天到晚铁勺哐哐响

烟火气太浓了，实在配不上

那些最高级的情怀，于是

特邀不动声色的人儿北上

在一座其貌不扬的池塘边开伙

芋头和红薯全是绿色食品

那个小平头也许是狙击手

阴阴的脸色和坚毅的牙齿

令人望而生畏，他笑了

我却想到了一只鬣狗

这么多家当绝非一日积成

冒险的生活遭遇庸常的拖累

如果有李白十分之一的冲动

也不会陷入杜甫的孤绝

老家伙们一个个都走了，剩下

两个瞻前顾后的中年

小心翼翼不与黄昏恋沾边

别染上这个世界的霍乱

"一对多么脱俗的玉人儿！"

他们赞扬公园里的两个身影

古往今来有那么多怀念和恨

时代之书才变得丰赡斑斓

有人用生命拼凑自己的章节

笑嘻嘻哭咧咧，做一个在场者

我不能遗忘秋天的朋友

我一心要与之熬粥的青年

你如果一直矜持下去，一直

有条不紊地走在清冷的校园

也许会酿成一场小悲剧

让李逵这样的粗人午夜泣哭

他的大板斧被废品站取走

从此英雄再无用武之地

我这封信写得太长太久

是散文化的诗行，偶尔用韵

任何文字都表达不了的隐秘

属于密码的破译者，押上

缜密学术和锦绣文章

去南方寻访一个过早成熟的

在春寒中衣着单薄的

羊毛衫在胸前系个疙瘩的

那双湿漉漉的嘴唇

舔破了一层窗户纸

"你想解决时代之需"，她说

"也就是拉动内需"，又说

天哪，何等睿智，令人惊惧

北方汉子吓得落荒而逃

含蓄的注视下，微笑有些可怕

无数的日子像浪花层层涌来

淹没清贫和青春交织之年

那些互赠的情谊和香米

还有南郊采摘的苦菜

从来没有私藏，无分内外

大咧咧的笑声冲刷着荷尔蒙

一起登山，每天练哑铃

结伴去学院看一个假斯文

一致认为他是古城名士

仍旧坐在海右古亭[1]下

如果没有无聊的教诲，那年头

咱们将变得更加无聊

而今大家都学得聪明了

时过境迁之境真是不可捉摸

好像一转眼就开窍了

大粗嗓门又嚯嚯地笑起来

真不像一个日思夜想的妙人儿

可见现实就是这么残酷

爱慕的角色至今未变

老同志受苦的日子还在后边

那个磕磕巴巴说着外语的好人

虚荣地做着扎实的学问

1　"海右此亭古，济南名士多。"（唐·杜甫《陪李北海宴历下亭》）

还是去大学工作好，规矩

受点窝囊气也值得

关于未来的策划——落空

因为地分南北，南甜北咸

饮食习惯一旦成为大问题

其他则不必细究，不可多谈

唯有黎明时分的仰望

化为永久的忧肠，尽管不甘

怎么也忘不掉你提着小油菜

默默沿墙西行的样子

这场景如果切换到大河之北

那肯定是大喜过望，看吧

即便是忙些油盐酱醋

也仍旧是自带光芒

苦涩的自吟有一部分是诗

诗中有一多半是沉沦

怪不得有人留恋酷烈的斗争

那是失恋造成的恶果

事实上单身汉一无所成

睡梦中的老干姜令人心惊

一个个全都严肃起来，绷紧

那根纤细的杏红色心弦

它断掉的日子，洒一腔热血

那是如火如荼的青年

将好日子消耗得干干净净

我们给隔在了大江两边

如果胆小鬼的文字化成声音

就会射穿那层薄薄的云雾

留下来踟蹰，粉色小脚丫

让吉祥少年抽搐和疼怜

你在视野之外移动，寸寸

抚摸湿润的江南之秋

从梧桐上滴落的思念连成

若无其事的君子之交，淡淡

如水，如胶似漆的想念

未能免俗的老先生肘部破了

透出三十年的伏案消息

就像未能苏醒的漫漫长夜

无缘无分的离去，包括深情

一瞥，无可奈何的沉吟

大山后的木棉花开得热烈

平原上的金合欢悄悄点燃

这个世界绝不单调，只是沉寂

在缄默中尽情地灿烂

想制造一个诡谲的信号

它一跃弹射到高空

于是总攻开始了，火药真猛

一座千年府邸即将陷落

小人儿被粗鲁的士兵驱赶出来

送到大王帐下颤颤抖抖

"报上姓名来"，若无其事，威严

委屈的爱情更加魅力无限

你的丰姿配得上无数假设

你的月色驱逐了无边黑夜

清纯之水溢满大地

听土壤喘息，发出呻吟

一只华丽的猫头鹰在歌唱

永恒的好事说来就来

肃穆的颜色正徐徐展开

如同一把折扇，时间的镰刀

收割一片骄傲的心

只余下漂亮的白马，在原野上

愉快地踢踏，甩尾奔驰

两位老哥笑了，吸旱烟

一对过来人早就看破红尘

平淡的米汤最养人

惊悚的寻人启事是老把戏

不成熟的年代和人，理想

以及许多主义，比邻而居

轰走麻地里成群的山雀

朴素的老人才能安静，读着

红壳经典里热烈沸腾的文辞

然后起身去捅一下蜂窝炉

让暖意融融抚摸胸口

那儿有忠诚的搏动，叮嘱

美丽的儿媳和坚贞的儿子

家族的男子汉胡须苍苍

他们一个个奔赴前线

扑通扑通掉进了深渊

残忍的北风送来季节的变换

南方的梅雨滋润着焦渴

金融巨鳄若无其事戴上戒指

开一些无伤大雅的玩笑

偷鸡摸狗在他们这儿不算什么

每年都走几步险棋，尝试

用锋利的剃刀揩屁股

用亘古不变的战场和刀剑

好孩子，你有光滑的短发

腼腆的模样惹人疼爱

扎上宽皮带，去吧

城市最适合藏污纳垢

如此肥沃，咱们更不该亏待它

历史上总是为街巷和荣誉

流血，殊死一战，然后

重新整理一间咖啡店

找一群打领结的小哥

彬彬有礼装模作样，这就是

我们的历史和生活的脚步

有些事情在所难免，很自然

家家都有一本难念的经

如果不由自主玩过了头

有人用力过猛，也别抱怨

他们扬言要生活在北宋 [1]

其实是一种文明的放纵

一只柔弱苍白的小手

揪不住盛世的尾巴

它像火狐狸一样出没丛林

机不可失，匆匆而逝

忽略的是庸碌之辈，窝囊废

一些人下手虽然狠了些

喜欢结交高阳酒徒 [2]，养豹子

关键时刻还要依靠他们

在暖洋洋的五月，花苞

只为那些胸前的勋章开放

1　"如果让我选择，我愿意活在中国的宋代。"语出英国历史
学家汤因比。

2　"走！复入言沛公，吾高阳酒徒也，非儒人也。"（汉·司
马迁《史记·郦生陆贾列传》）

我们分别得实在太久

故乡如故，还是那副模样

切不可灰心丧气嘟嘟囔囔

真正的魅力一定死而复燃

不依不饶活过一年又一年

其他人蔫了，老了，苟延残喘

只有顽韧的病秧子窜上街头

在嫣红的朝霞中露出笑颜

他听说你的好消息，一高兴

系上腰带就溜出了大门

折下一把梦中的玫瑰

到坍塌的城门去敬献

在这片灵魂的废墟上

痞子和滚刀肉生生不息

终于找到一座大难不死之城

这里战战兢兢最适合生存

窗台上放一盆粉色雏菊

阳光照亮局部的温馨

是的，有爱就万事皆备

这边住仨月，再去北方

去小小的海港吃生鲜

那里又是另一番景象

再往北风就大了，很凉

会遭遇金发碧眼的女人

她们心肠火热，性格泼辣

不适合做汉人的婆娘

我们俩是手扯手的观光客

把满腹经纶悄悄隐藏

这里的夏日热烈而荒唐

这里的秋季天天去渔港

开海的日子千金不换

几个钱买来一只火红的大乌贼

夜夜有酒，下棋读书

传播一些朋友的谣言

黎明前开始瞌睡

双睫合起的样子多么羞涩

最后被一阵打破碗花的香气

熏醒，这才发现赤身裸体

咱这整洁的小镇真好

那些大城市乱哄哄，历史短暂

其实只能算这里的重孙子

活在悠久的小地方

常常从一大早就开始骄傲

散淡的日子迎来了琴师

这个长发男儿真叫潇洒

他是游荡的异乡客

吃吃喝喝玩些老把戏

好在不会鲁班门前弄斧

是一个松弛含蓄的人

频频弹拨的歌吟中

有一些不必在意的走神

其实要警惕那些发黑的嘴唇

他们从不少钱但是缺爱

委身于不三不四的成功人士

在精疲力竭时伪装颓丧

良善之人受不了这个，多看两眼

出事就在须臾之间

美好无序的社稷是一片草原

打马奔驰，找一方无主之土

马蹄磕出一支珊瑚簪

一百年前的浪漫就此出土

年过半百的人折腾爱和恨

不如留下来扎根，养一群羊

在水草丰茂之地忙碌终生

培养出一对水光溜滑的儿女

享用最好的空气和乳品

无名无姓更无猜忌

饮的是老砖茶，看的是流星

如此平淡的人也被追杀

因为僧多粥少，悍匪遍地

狡猾的小家伙当值之日

老黑牛顶戴红花分享光荣

走进一个寸土寸金的时代

皇帝和放牛汉一起抽烟

鳄鱼们呆头呆脑听从宣讲[1]

然后西退六十里水路

让平民百姓免除灾殃

最有趣的童话糅入史书

看得人揪心，泪眼汪汪

一夜诉说令人疲乏，老茶

泛起上一个世纪的颜色

起程的日子一再推迟

只要赶得上收获那片向日葵

时间也就不算太晚

应该为近在咫尺的人写本书

记下这里的端庄和游戏

1　韩愈初贬潮州任刺史，鳄鱼为害，韩愈作《鳄鱼文》："鳄鱼其不可与刺史杂处此土也。""今与鳄鱼约，尽三日，其率丑类南徙于海。""是夕暴风震电起溪中，水尽涸，西徙六十里。自是潮无鳄鱼患。"（《新唐书·韩愈传》）

想象的今生与前世，眼中

深远无边的宽容和储藏

多么动人的纯稚之声

就这样循循善诱地守护

一棵即将老迈的橡树

大红蜂不倦地飞来飞去

吸吮和医治它的累累创伤

朋友，请把它紧紧地藏在心头

使劲按住那双颤抖的翅膀

2020 年 10 月 24 日

三 辑

致桑岛

青春的卵石和海绒菜

灰色小鱼躲在礁岩下

春风从南边大陆吹来

遥远和陌生的气息

这座椭圆形的岛

是一个海草房的王国

被高高的灯塔祝福

被一束长长的光照拂

玉米饼和炖鱼熏着沙岸

铁青色的大船正在驶来

有个提瓦罐的赶海小姑娘

她手气真好，温柔惊人，瘦

有个破嗓子的扛橹老男人

他胖，脾气真坏，吼声吓人

记忆中的石板路弯弯曲曲

还有洋槐树和蜀葵花

二十年后的定居之地

就是今天泛起的牵挂

2020 年 10 月 26 日

恩师

那件沉重的袍子

搭在椅子上，比穿在

身上还要庄重，啊

恩师的发音就像叹息

一旦呼叫就停不下来

所有人都羡慕这声音

都渴望跟随我

起伏的脚步

我不知自己在叫谁

不知何时溶解在

透明的空气中，只听

那沉重的喘息近了

又远了，然后失去

但愿永不失去或永远

不再听到这岩石

做成的风箱呼呼拉动

那个早晨有好眠

恩师轻轻指点

我痴情的嘴巴张大

就这样变成了一只羊

小羊，很胖，咩咩叫

颈上拴了一根红绳

一起去城郊赶早

我被爱羊的人买走

他不知我的来历

我大声呼叫，呼叫

我不是羊，不是羊

我被一种魔法所伤

2021 年 3 月 3 日

湖边岁月

你在湖边安睡

盖着一床素花小被

轻盈如同蝉翼

衬托红红的小脸

大眼睛漆黑而狡黠

削短的毛发让人想起

一只蹑手蹑脚的狐

生活就像红辣椒

美丽而难以品尝

多少皱眉的故事

多少幸福的时光

为一条大鱼而奔波

为了一枚秋果

走到一片大水旁

高原的酷烈犹在

淡淡一杯酒，浇开了

昨天的那枝玫瑰

2021 年 3 月 2 日

琐碎的小嘴

你不停地嚅动那张

琐碎的小嘴，抱怨或

倾诉一些，谁也不愿听的

日常烦恼，操劳不息的

美丽的眼睛是不甘和

极大的浪费，是浪漫

潜伏之期，生活就这样

如河水一般白白流淌

入海，一切全部了结

在遥远的视野之外投向

那紫色闪烁的记忆

那温煦的日子，安静的

不愿温驯的遵从和叹息

一切诗章的开始和书写

生活有序和有趣的明证

如果一些东西需要指认

那一定是无法言喻的

诸多美妙事物，是生命的

不可重复的激越和平静

而今只是絮叨，可爱的人

以让人厌烦的方式，驱走

那些格外需要爱的人

于是生活正常而平庸

进行下去，不温不火

各种权力或权威就有了

不然谁听那一套，自由的

时光，人们都忙着爱

忙着天下最重要的事情

琐碎的小嘴主导了平淡的

生活，然而你丝毫都不平淡

你是隐在一角的奇迹

2021 年 1 月 4 日

唯一的方法

唯一的方法就是严肃

是脸红脖子粗，认真

到不可救药的程度

我们的倔强很快会有回报

搂住一头粉色的小牛

它的力量，它滚圆的身体

是这个世界的奇迹

你还需要什么，卑微的

一生如此充实富有

就该停止自伤和抱怨

不解事理的蠢人

故作聪明的嬉皮士

最终还是要打住，不再

发出喧哗，在庄敬的合奏中

伫立如挺挺白杨

承接上苍的雨露和阳光

2020 年 11 月 19 日

这不是大众的夜晚

这不是大众的夜晚

月光下的竹叶和墨菊

这隐去的小鸟，细径上

微微喘息的狗尾草

都是独自顾恋，幽思

掩在窗洞里，留给

漫漫无边的遗忘和想念

一城灯火从山脚涸来

在河口那儿停留一瞬

淹过对岸，搭一条船

去海上，登陆的憧憧人影

一些纷乱的脚步和思绪

光和热继续漂泊在水面

在没完没了的归来和逝去

在芬芳而凉爽的心上

最温柔的初冬之夜

人在庭院里悄悄游走

多么寂静的时刻，停息

逗留和呆滞，出神，看

自己拥有的一份微薄光阴

2020 年 11 月 19 日

思松浦

今冬最严厉的日子

风不凛冽而愈有浑威

严酷在悄悄围拢，在夜里

小步而轻俏地走来

像绢帛一样柔软

将一座北方城市包裹

然后开始降温，小鸟冻醒

发出一声哀鸣，通知未知的

乡邻，缩在小草窝中

迟迟不来的黎明，太阳

在大山后面等待一个

合适的时机，一切都要

依据情势，这是时代的

特征，自主自为的生命

越来越少，我们会生气

会在某个时刻奋力一挣

遭遇一个危险的时令

许多机缘就这样巧合

让历史重演一场

极为浪费的喜剧和悲情

在北方的一个犄角

海侧的那片松林，几间

棕色的小屋伏如冬鸟

潜伏和喘息

在严正酷烈的无风之夜

等待和积蓄尊严

它所珍藏的书籍

那些刚烈或温柔的文字

都在等待一个时机

2021 年 1 月 3 日

激情

它是生命依赖和渴望的

莫名之物，无所不在

却又如此陌生，千变万化

一

为了等待激情，我筑一间

小屋，居于海边丛林中

林涛吹起，深沉浑厚之声

让人肃穆，侧耳谛听

我在树下伫立，看狂舞的枝头

贴紧粗糙坚实的树干

感受若有若无的脉动

它们沉默日久，日夜遥望

所有的枝叶都仰向高阔

只为接受一些神秘的启示

终于等到接通的这一刻

它们声音低沉，会合一起

从一个边缘开始，渐渐变大

在深远的内部加速旋转

像水的波纹那样层层漾开

最终，强烈震荡无法隐藏

不再使用轻细柔缓的口吻

也不再和颜悦色，无尽的

粗粝，包括遥远而内在的声息

从那个隐秘的源头收拢和投掷

把沉睡的心灵瞬间击醒

狂风大作，莽林发出撕裂

轰鸣和嚎叫，显然是愤怒和

狂野的呼号，是欲罢不能的

击打和冲撞，奔跑中释放出

日夜积蓄的无尽郁闷

它的起始地在朦胧的北方

因为无限杳渺而更加模糊

来自哪里，所为何意，缘何

爆发以及何时平息，它那

从未明晰的诉求又怎样

为人所知，为这片广漠应许

那场延续一天一夜或更长的

呼号，代价惨烈而巨大

到处都是折断的碎叶和枝丫

伤残铺满林隙，所有小生灵

都缩入洞中，无影无踪

在灌木和芜草下战战兢兢

当安静降临，无边的倦怠

笼罩整个原野和天空

游云不再移动，没有鸟鸣

没有任何喧哗和活物出行

阳光抚摸了一整天，而后才有

小鸟的颤颤叫声，小蜥蜴

缓缓爬上沙丘，举起双臂

召唤几个谨小慎微的伙伴

杉树和白杨，橡树和松树

性情绵软的红柳，一点点

恢复往昔的表情，它们

与走出小屋的人相挨一起

"一定有什么给惹毛了，那是

一个力大无穷的家伙，林木

传递了它的愤怒和悲情"

"可是，它的一次震怒

这样恐怖，摧残和暴打

到处践踏却从不说明"

丛林震荡的日日夜夜

每一棵树都失去了安定

它们一片激越，振臂呐喊

众声浑然一体不能分辨

这就是林野，是一切

亲兄弟也变得陌生而急切

痛苦和激愤不容置疑

这是一致的决心和意志

从属于辽远无测的神圣

在未知的浑茫的深处

藏下了第一推动力

那力量好像来自非人

只需要响应和顺从，让

它们大家变成同一个

只要是一棵树就会遭遇

没有例外，激情与生命同质

只要是一棵树就会经历

运动和流转的风，它一定

不期而至，从各个方向

走向你，召唤你，簇拥你

它要离去，是的，它很快就走了

扔下一个倍感孤独的你

生老病死，满身创伤

还有一丝光荣的感念

庆幸自己赶上了一个大光阴

一场大风暴，一次大决堤

尽管留下不可修复的狼藉

死亡无可计量，也很平常

这样的记忆令人欣慰，你

或许比任何一棵树都骄傲

二

为了寻找激情，我曾在风暴夜

赶往海边，想亲眼看一看

十丈巨浪怎样卷到半空

恶狠狠地举起一座山峦

把它摔碎，这世间不可还手的

伟力与决然，无可比拟的

摧毁的粗暴，看看这颗

巨人的心脏如何让大地抖动

站在它的身侧经历恐惧

领受陌生而疯狂的梦想

它有时又那样温柔平静

蔚蓝色，在天空下变幻

像母亲那样微笑和慈祥

大眼睛望着一切，入夜前

摇篮曲奏响，月亮升起

无边的银练在抖动

天空变成微紫色，稀疏的

星辰与之对视，水族嬉戏

在不为人知的深渊，底层

沉思者卧伏或缓缓爬行

重重阴影留在光线薄弱的

无人光顾的冷川大壑中

在近乎无限的世界尽头

连接天宇的一丝交合处

滚动着一粒大蚌的泪珠，它

轻轻垂落，激荡不平

珍宝的重量打破了平衡

倾斜的水在星辰间引起惊恐

北斗勺柄试图矫正和阻止

结果是更大的矫枉，一记

重扣，传递出由小到大的波涌

它们招来了风神，透明的

银盔一排排不见头尾

在无声的号令中匆匆出征

这是一场遥遥无期的战事

涤荡所有的安逸和平庸

十万年的珊瑚树连根拔起

将整个平原折叠重造

扬弃裹卷，推入深渊

新大陆全是腥咸和泥泞

这是愤怒的最高形式，是

重置的自然与水的战争

人们还记得那抚摸的浪花

柔长的水草像千里麦田

可爱的卵石镶满沙湾

飘飘欲仙的水母彩带

月光下的海韵情歌

最适合倾吐悄语的银滩

水波印证甜蜜的誓言

温良的风跋涉千万里

只为送达一个平安的口信

在深处，深处的深处，所有

故事都如同秋天的雏菊

甜稚安静与美丽，小巧的

丝瓣缠绕着永久的爱意

草芒上的一滴滴晶莹

相互结识并欣赏自己

映照的彩虹，意念和幻想

一些飘逝和发散的幽思

在月光下任意编织

当粗鲁的风摇落它们

嘈杂和喧嚣也接踵而至

破碎和渗流的命运从此

开始，或者被泥土吸吮

或者跟随奔走和流浪

不知来自何方的一条激流

像奔腾而去的迅疾马蹄

冲刷浩荡无休无止

从千万里跋涉而来，一路

携带无以计数的泥沙

掩埋，覆盖，移山填海

从开始到结束，众生震悚

我们再也不能驻足，我们

并不认识这条水流，不知

它的源头和狂卷的理由

只听到沿途的惊呼和哀叫

就这样投向无边的大水

波涌连天，它的名字叫海洋

三

为一些巨大的事物寝食不安

而后，白发悄悄爬上双鬓

亲爱的人和猫咪开始衰老

他们皆未得到开口的

机缘，满腹话语留给孤寂

忙于街头的陌生人，朋友

以及从未结识的过客

一切都来而复去，兴冲冲

悲愤愤，建造和推倒，高喊

或日夜焦虑，为一个幻想和

突兀的事件歌哭不已

流下多少痛苦哀伤的长泪

许久之后，我们会发现强者

不过是卑微的利己主义者

一个手无寸铁的弱者和骗子

或一个偷鸡摸狗的家伙，无端

欺辱自己的乡下保姆，淫欲

满盈的宵小，在凌晨喝下

一小罐红豆汤，吞食三个

鹌鹑蛋，爬到榻上睡回笼觉

那个振翅一冲的鹰隼远去了

身后是一些羽翼未丰的

鸟类和爬行动物的鳞爪碎片

林子和原野灌木曾是家乡

如今被一把火焚掉，变成

光秃秃的风掠地，寸草不生

那个点火的人回到一座

金碧辉煌的大宅中，准备

一场迟来的盛大欢宴，客人

全是有头有脸的人，夹杂两个

赤脚的汉子，脚上有牛粪

边厢的角落死一样枯寂

芜发少爷惊魂甫定，怀念

很久以前的另一种静谧

耕读传家的庭院里有一株木槿

它可真能开，粉色花儿已经

熟视无睹，母亲常摘一些

花蕾做成稀罕的蛋饼

多么滑爽的日子，多么陈旧和

温馨的岁月，可惜一切都被

风暴卷走，他自己也是参与者

他很激动，日夜不宁，举手

打碎自家的雕花窗，然后

站在木槿旁大声宣讲，吓得

那棵花树不停地落叶

海潮撤退的芜杂中

有打碎的窗棂和精瓷杯盏

女人们撕破的绸衣和闪闪的

绣鞋和肚兜，资产阶级和封建

玩意儿堆积在凄凉的风里

季节正在深入，一个酷寒

无比的月份即将降临，那些

与之齐呼共奋的哥们儿全都没了

他们在自己的炕头喝酒，吃

炖猪耳朵和茴香水煮花生

这样的月份总会死一些人

因为没有一根取暖的劈柴

四壁掏空的半坍大宅中

宣告过死亡，自然不再有生机

生机去了远乡，泼皮老家

一场赌局开始的地方，那里

正发生一场泣哭和慷慨激昂

四

真正的爱情也会陈旧，会在

日复一日的行进中消亡

这个问题尖刻无情，不像

谈论爱，更像议论哲学或

一些人热衷的悲剧，他们

总要追根究底，不爱面子

只爱真理，好像真理不是爱

只是冷酷的现世，是冬天

光秃秃的树干，没有蓓蕾

蓓蕾哪儿去了，被谁偷走或

据为己有，这同样需要追究

那些急切难耐的羞涩和冲动

柳絮下的漫步和痛彻，心爱

如同小雏在巢中等待丰翼的

颤抖和依偎，黄口张开

寻觅吃食，这一刻饲喂的

是爱人的全部怜惜和恩慈

不可忘记，这种记忆的存在

就是爱的存在，是赓续和铭刻

翻阅岁月之页的声音，它

仍然回响在当下，沙沙响

大诗人说有人爱你的青春欢畅，而

唯有他，爱你布满深皱的脸庞

这个人真会爱，这个人是真情种

由此推论所有的急切和冲决

离开了爱就值得怀疑，那是

伪君子在扯淡或精明地布局

是为了安排自己荒淫的宴席

只要经历了掠夺和欺骗的人

都会渐渐苏醒，安定自己

在山呼海啸的日子，我仍然

守住这座小屋，听沸滚的茶

嗅深沉的香气，如何扑面而来

又由何滋生，那大地的生长

从未辜负阳光和水，忠诚地

抽出叶芽，将泥土蓄满的

是深沉的激越之情

它吸满了深长和香浓

我恐惧大风和海浪

知道唯有忍耐，一场巨大的

骚动终将过去，一切归零

太阳升起，照着劫后的林野

在阵阵感叹和喘息中丈量

倒塌的丛林，四蹄动物走出

它们终究活下来，清澈的眼睛

看我，互致问候，纯稚和天真

存在和炫示，不，质朴地

存在着，这是生命本来的模样

是靠得住的热情，也可以

称之为激情，它只在平凡无奇

不曾故意展示和奔突的

日常，显示了真容，是互助和

不曾侵犯他者的生活，让人

轻轻接过一次感触和赞美

如果将真切朴实的存在称之为

真正的生活，那么它真的需要

绵长的力量去支援和维护

韧忍在暗处，在克服中，交出

微笑和礼让，正常的温煦

比如一棵英挺的白杨和黑松

一棵红叶李和白蜡树

它们在朝阳或晚霞中

让美平均地散发于每一天

每个人，每一只兔子和小鸟

五

那纵力一跃而抵达的美，那

一搏之下而取得的胜利，那

于奋力顽抗中得到的坚守

自然有激烈和热切的光荣

我们歌颂这难忘的一瞬

那个令人难忘的场景

是汇集和凝聚的一段光阴

是许多繁星一样的光点中

偶现的一眨和一闪，切记住

以激励平庸无奇的日子，以

青春般的鲜亮和丰盈，来

补助慢慢成熟的衰老之期

一只四声杜鹃彻夜鸣叫，让人

好生怜惜，担心它声带流血

这不倦和忘情的鸟儿由何而来

由何而啼叫不息，为长夜

为林野，为万物的沉睡，还是

为一个多情不眠的异类，已经

无从知晓，它有自己的爱憎

自己的热泪喷涌，有其他生命

无从抵达的情与境，所以

它惋叹和呼叫了一夜，它

带着自己的激情而去，消失在

东方泛白的时刻

我心中也有一只杜鹃

它更多的是安息，等待和

悄然假设，是无声的吟哦

是无波无澜的心语

是比流逝的日月还要平常的

琐屑和无辜的忙碌，四邻

都是如此，往前度过一天天

一月月，一个季节，一年

时间镶起的小齿轮密密麻麻

打开时钟看一下内脏，老天

你会眼花缭乱，你会想象

安装这齿轮的手多么神秘

那是上苍和类似的什么

胸有成竹地做好了一切

他不曾大吵大闹，不曾欢跳和

纵情一跃，他有完美的心智

安然如一的沉稳，如同

一个智慧的老者，目光下垂

我并非认同和迁就随遇而安

我是悟想日月和恒常之理

如何依赖和使用这力量

我不免疑惑所有冲天的决意

我想依从冷静和笃定的心灵

当一朵花从叶芽上鼓出蓓蕾

那个难以更易的顺序和时令

最后的开放和绚丽，还有凋谢

都是自然而然的一个过程

谁会忽略鲜花的吐放和美丽

只有匆促奔波的不宁之人

只有被生活那只强悍的手

揪住或按住的时刻，这时的

人是窘迫和不幸的，是

可怜的生物，这本来的怜惜

应该留给安静的自己

虽千万人吾往矣，世人誉之

而不加劝，何等豪壮也何等

质朴，与万众奔腾的

狂流和冲荡南辕北辙

人们怀疑淳朴的冷漠和自处

是一种古来少见的勇毅

其实真的错了，不是，不是

我们过于恐惧孤单，凡事

都要借助声势，在潮流中寻找

个人的激情和勇气，其实

它早已消失无踪，真力

藏在胆怯之地，告别了自己

我们被奴役，被驱赶，被

一只只交叉的手抛掷不已

狂暴的大海没有水滴的面目

只有悬起的十丈波涛，它们

有一副摧毁的恐怖和狰狞

人们不再怜悯一滴水，怎样

从大地和草芒上汇聚为

一珠晶莹，然后投入和消失

加入大海就不会失去，这是

彻头彻尾的谎话，那不过是

立刻取消，撕扯和分解

六

在青春步步消退的日子

找一间石屋住下，从头思过

悔疚滋生，知今是而昨非

回头看跑了那么远的路

一口气爬上酷寒的高山，那里

没有教唆者应允的莲花

只有跌落的危险和破裂的

深不见底的岩壁，一只风干的

老蜥蜴在枯枝上悠荡

到处是毁灭和苍凉的气息

有人用鲜花和流言送来诱惑

来来去去周而复始，谎话更迭

老蜥蜴早就挂了，死了

那个人坐在帐子里，拥有

烟枪和使女，古老的用人

照旧差来遣去，发式都没换

从头盘点的时刻，千万不能

忘记自己早已嘶哑的喉咙

多么疼痛，像一块火炭鲠住

夜不思眠，耗伤青春，复制

他人的语言，他人的举止

批判自己的肤浅，永远

追随山那边和海那边，一些

陌生而模糊的超人，他们

是一个比俱乐部高出许多的

古怪而神秘的群体，是不食

人间烟火或偶食人间烟火的

非生物的聚合，是受了异能

特封的身负使命者，真的

那些流逝的光阴埋葬在

重新叠起的高大门廊后边

灶口的灰烬已经清理过

手拿串珠的布衣人正在湖边

缓缓踱步，四面绿丛隐下

忠耿不二的卫士，更远处的

小窗后面，是泪水汪汪的眼睛

这世界真小，隔开湖水和

时光的记忆，就将老人放在

山中小屋，变成一条搁浅的

垂死的睿智的鱼，喘息艰难

一双未闭的大眼于最后一刻

盯视这格外狭窄的空间

我现在要歌颂这座石屋

他真美，孤立于群山松柏间

咀嚼往昔，八十多个四季

如何褪色和盛开，所有的繁华

如何归于沉寂，而那些侥幸者

又怎样平静和安息，由时间

操办一些固有的事情，所以

急切索要的东西都搁在

原地，那是岩石一样坚硬的

不变之物，正等待更高的指令

七

林涛渐渐平息，每一棵

高大的松树都英挺不移

威武，刚刚还在摇动和

声嘶力竭，那无始无终的声浪

惊跑了多少飞鸟和其他生灵

一只草兔转回，从林间步出

仰脸看粗硕的树干，更上部

苍绿的树冠，这神奇的大树

也曾醉酒一样疯癫，呼喊的

口令，来自渺茫的远处

那是海的漩涡，在岛的

更缥缈的北方，在传说中

老斑鸠哭泣摇落的小屋

这是它的全部积蓄，是老伴儿

生前合手的辛劳，整整耗去

一个秋天，老伴儿病卧喘息时

给它讲一个故事，讲村庄和

老人，孩子和月亮下的狐狸

村里人怎样用地瓜酿酒

酒味引诱嘴馋的狐狸

拖着长尾四处招摇，丑极了

老伴儿笑了，然后安歇，春天

来了，她再也没有醒来

发疯的松树毁坏了一切

在失落的大海之滨，赶海人

捡到了一些蛤类，一条死去的

大鱼，再往前，是一堆堆杂物

那是不断推涌的悲剧

水族死亡的消息越传越远

一条大船破碎在深夜

残骸堆在河口，那里

躺着一些老人和年轻人

他们在那儿告别，终点

是一条淡水河，连着家乡

连着一望无垠的麦田和长街

那磨得锃亮的石板路上

是五百年纷至沓来的身影

我要弃绝这座小屋

投入大山深处，借助

重重叠叠的石垒来阻隔自己的

急切，一颗时而跳跃的

心，将在一株小蓟跟前

静静地守住粉红色的小花

回想走过的那些小径和巷口

渴望和等候一张脸庞

这些回忆是岁月，是我仅存的

一份生活，那些属于个人的

紧张的喘息，犹在耳旁

大山里四季分明

自在自为，相依相伴

在哪一个季节里萌生和垂落

捡拾一片片发红的叶片

攥在手中，细细抚摸

那些失去的友人，各色争执

再次光临结实的石屋

最后的堡垒，模样倔强

在彻夜长谈中，我无法释然

无法原谅那些紊乱的追逐和

闻风而动的轻率，我承认

不是一棵好松树，不是一滴

凝结于莎草上的清澈露珠

八

我颂扬活泼的青年和独守的

老人，向往原野中的热爱

万千生灵的欢歌和游走

单薄的身躯止步于喧声之外

在洁白的小羊身边沉思

在汲来的清泉中洗涤

锅里的红薯熟了，玉米喷香

不再赶赴百里长路进城

不再参加胜者的流水盛宴

我向每一棵松树致敬，我向

每一滴水致敬，我惊叹松林和

浩瀚的大海，却要惧怕和逃避

翻涌和呼啸的长夜，那些

昏暗的日子，那些轰鸣和摧毁的

痕迹，我是坚强的胆怯者

一个勇敢的逃兵和一个被

众人指斥的潮流的弃儿

在无法安享的晚年中度过晚年

在不再体面的生存中继续生存

坐在自给自足的灶前拉动

那只背时的风箱，把冷水

烧开，把一个人的口粮蒸熟

冬天很长，春天照例平淡

这里没有那些繁花似锦的

精心培植的大树，那些开花的

名贵品种，只有地黄和小蓟

这些不起眼的小花，它们

就是身边的盛装和童颜

是真正的大地之色，是不加

掩饰的灿烂，是我个人的

日常之花和无休无止的浪漫

在大山和旷野上看不到树林

石隙里偶有水潭，没有

一望无际的浩渺，豪情万丈的

诗人找不到抒发之机

痛心疾首，只用浊酒打发

这片穷乡僻壤，只有

稀疏的树，小小的湾，一些

飞来荡去的鸟，一些日出而作的人

可是这些单独的生命和景物

都很美很好，很纯良，从不

让人惧怕和迷惘，一棵树

不会让人迷失，一潭水也不会

涌起狂涛，看来浩浩荡荡的

那些东西并不是最好的依傍

也不是安然度日的吉兆

九

飓风来袭的日子并不杳渺

从大山的那一边，黑云下边

传来隐隐的响声，低沉的消息

通报亘古未见的酷寒

挚友吓得不敢声张，不敢

发来一声安慰，他们躲在窝里

盖上厚被，准备驱寒的艾草

那个时辰由预言家敲定

大地变得悄然无声，只有

目不识丁的村姑还在串门

老泼皮当街大喊，让暴风雨

来得更猛烈些吧，让大水

滔滔而来，失去的只有锁链

等待使人焦虑，没有血性的人

索性做个奴隶和囚徒

有血性的人，献出自己的血性

浇灌那些芬芳的庭院

有人流着泪水写下一行行盲文

没有姓名，无名的人安息吧

就像一片火红的杜鹃，它在

丛中笑，它代表每一个春天

老人一遍遍讲述山坡上那片

红得耀眼的花，按住怦怦心跳

说不完的白天和夜晚

有人倒下，有人得了火蒙眼

吞下救急的熊胆，一头大熊

死了，挽救了一双小眯眼

孤岛上灯塔闪烁，未盲人

坐在桌前吸烟，拾笔蘸墨

记下那头大熊怎样舍生取义

大海再次震怒，狂涛逼退

满天星辰，日月隐匿，水和沙

扬到空中，水底的精灵在尖叫

深渊里准备了一份豪礼，等待

亡命之徒前来领取

这些家伙可真多，礼品太少

全是蛤蜊皮和野猪毛

海燕在歌唱，老船长火了，给了

它一粒弹丸，这才歇息下来

一艘危船在水中挣扎

接走了通宵不眠的人

百年史书记下这次海难

全是鲜花和硝烟，可歌可泣的

人，拥满了潮头和海滩

没人活到下一个世纪，没人

看到那把无情收割的镰

泣哭的人全都长眠，罂粟花

遮住了荒芜的庭院，故人

化为尘土，那棵海棠树

已经换了多次主人，女人

越来越殷勤，长了一对大双眼

十

历尽沧桑的人回到东部乡下

篱笆上爬满紫色眉豆花

几间棕色小屋漏而未塌

它们渴望有人住下，耕读传家

守住一片波澜不惊的水洼

没有多少出息，好在人品不差

一个个从田间小路走向远方

四十年后再从远方回到老家

古旧恒定的老磨旁边

总有一头粉丹丹的牛

没有谁比它更忠厚，更勤劳

它绘制的环形是一个谜语

无人猜测，因为谜底就是自己

循环与劳作真美，田野

在放牧的时分向我们敞开

渠水和节节草，蚂蚱和蝈蝈

一切都活泼自然，自由自在

他们不停地询问这双

伤痕累累的手，额头的深皱

耐心挖掘心底的隐私，我在

阁楼上攀爬的日日夜夜，火药

和刀，还有紧紧拥住的人，她

胜似家人，我每次慷慨赴约

都让一颗心颤颤捧住，以防

掉在地上跌碎，午夜的风

穿过曲折的古城街巷

不再叩响这扇小门

我缄口不语，乡村收留

一双枯目，一双干涩无泪的

故作慈祥的眼睛，所有的

波澜都平息了，消退了

留在了彼岸，没有儿孙和

家小，只有祖传的小屋，只有

按时落在窗棂上的麻雀

它们是童年的伙伴，认出

一个归来的人，一个默默的

最老实最无趣的人，他

从来没有举起弹弓

它们爱这个人，想念他

瞧，传说中的好人回来了

2021 年 1 月 7 日

代 跋

文学的最高形式

我大约是上世纪七十年代初开始写诗的。我一直认为诗是文学的最高形式，而且不分时代和种族，没有什么例外。有人认为至少在我们这里，诗的时代是过去了，大行其道的应该是小说。小说的边界一直在扩大，但诗仍然居于它的核心。出于这种认识，诗就成为我终生追求的目标。

没有抓住诗之核心的文学，都不可能杰出，无论获得怎样多的读者都无济于事。一般来说，阅读情状是一个陷阱，写作者摆脱它的影响是困难的。对于诗的写作来说就尤其如此。写作者的生命重心会放在诗中。有这样的认知，那么生命能量无论大小，都会集中在一个方向，这方向几十年甚至终生都不会改变。

青春期的冲决力是强大的，也更有纯度，所以诗神会眷顾。但诗还要依赖对生命的觉悟力、洞察力，特别是仁慈。人上了年纪会更加不存幻想，更加仁慈。我这几十年来一直朝着诗的方向走去，这种意境和热情把我全部笼罩了。

复杂的血缘接续

中国自由诗显然需要与白话文运动联系起来考察，就此看它有两个渊源：一是受到了西方现代诗的影响，二是脱胎于中国古诗。但是几十年来中国当代自由诗主要吸纳了西方诗，准确点说是译诗。这似乎是一个不可更易的道路。但是想一想也会有问题，甚至有点后怕：割断了本土源流。这源流包括了形式和气韵。这个土壤的抽离让人心虚。

中国现代诗不会直接回到古风和律诗，也不会回到宋词。但前边讲的气韵境界之类是可以衔接的。怎样融会和借鉴，这是最难的。弄不好会有一些反现代性的元素参与进来，弄得非驴非马。这是诗人极其苦恼的事情，却无法回避。我较少沉浸在西方译诗中心安理得，而是深深地怀疑和不安。

从补课的初衷出发，我这二十多年来将大量时间用以研读中国诗学。这期间出版的五部古诗学著作，是这个过程的副产品。这对我个人的意义不须多言。对于中国文学的正源，从寻觅到倾听，透过现代主义的薄纱，有一种逐步清晰的迷离。现代主义和中国古典美学不是要简单地二者相加，不是镶嵌与组合，而是复杂的血缘接续。

我只能说，至少在这二十几年的时间里，我用全部努力改变了自己的诗行，走到了今天。我并不满意，但走进了个人的一个阶段。

晦涩是另一种实在

这是无法言说的部分。能够言说的一定不会晦涩，真正的晦涩是另一种实在。这种情形哪怕稍稍当成一种策略去使用，落下的诗行也就变成了二流。诗人以一种极力清晰的、千方百计接近真实的心情去表述，如此形成的晦涩才是自然的、好的。这其实是另一种朴素和直白。

现代诗人惧怕抒情。虚假的滥情令人厌恶，轻浮的多情也足以反胃。但是诗一定是有深情在的，其情不抒，化为冷峻和麻木，化为其他，张力固在。无情之情也是情。真的无情，就会走入文字游戏。词语自身繁衍诗意的能力是极有限的。

通神之思

"诗"是文学及其他艺术的核心，是藏于最深处的一种"辐射物质"，它只能以各种方式去接近，无限地接近，却难以直接抵达，让其清晰地裸露在眼前。作为一种"辐射物质"，越是接近它，"诗意"也就越浓，突破一个临界点之后也就可以称之为"诗"了。这里说的是狭义的诗，而非广义的诗，后者只能说成"诗意"。所以一切能够以散文或其他方式表达和呈现的"诗"，都不可能是狭义的诗，而极可能是广义的诗，即具有"诗意"而已。"诗"是生命中的闪电，是灵智，与感性和理性有关却又大幅度地超越了它们。这是一种极致化的、强烈的瞬间领悟，是通神之思，是通过语言而又超越语言的特殊显现。

庄敬的心情

这个特殊的时段让人的思想情感沉入下去，却不一定适宜写眼前的内容。诗用来报道自己和他人、社会，都不是强项，整个文学从来都不具备这样的强项。

有人认为现代诗的唯一特长，就是可以随意言说，可以纵情使性或皇帝新衣，可以唬老赶，那就犯了人生大错。现代诗必须朴素和老实，它的这个品质才是立身的基础。真挚朴素的诗人走入了晦涩，这晦涩才有意义。

文字游戏会让人厌恶。比起当代小说和散文等其他体裁，现代诗更不能是一笔糊涂账。太扯了不行。为文学的一生，最玩不起的大概就是诗，因为它居于文学的核心。我对诗一直有一种庄敬的心情，从少年时代就是这样。

现代自由诗

我对自己的诗并不满意，可以说和很多专门写诗或以写诗为主的人一样，一直处于苦苦求索之中。现代自由诗自白话文运动以来就是我们当代文学的难题，大概需要不止一代人才能破解它。我们有可能长期以来对它存有误解，比如有意无意地将一些富有诗意的韵文当成了诗的主体部分。我们混淆了"诗意"与"诗"。前者可以是广义的诗，后者应是狭义的诗，即纯粹的诗、纯诗。我专注的一直是狭义的诗，它更靠近音乐。所以这是极有难度的一种体裁。就此来说，近几十年是现代自由诗发展最快也最有实际贡献的时期，虽然问题极多。

着力点和发力点

一部千余行以上的长诗，其体量的蕴含不会少于一部长篇小说，就体力和智力的耗费而言可能更多，这肯定不会是即兴之作。一个构思在心里装了很久，但不一定成熟。很难下手，因为不成熟。一段较长的孤处和独处，会有利于思想和形象的归纳。思与诗，这二者的交融正是文学的成长。其他文字的写作过程，其实也同时会是一部或多部诗的酝酿过程，只是在散文化的记录中，没有在形式上直接达成。这里的关键是，一个写作者是否将诗当成了全部文字的核心，如果是，那么他的着力点和最大发力点，最终就一定会是诗。

漫长的诗路

作家随着年龄的增长，会遇到冷峻的时刻。青春只是一个较为短暂的站点，它弥漫和留驻的时间不会太长。真正深邃的诗意不一定在这个阶段体现出来。我个人的情况是，从十几岁开始写诗，近乎疯狂地写，不知写了多少，但我知道并没有写出哪怕接近一点的心中的好诗。因为还不到时候，没有这样的实力和机缘。作为一个人，年轻时的冲动和所谓的激情不可否定，但因为没有仁慈和怜悯的深刻体验，没有对悲剧的真正认知，这样的时段要写出好诗也极有可能，但最终还会打一些折扣。青春的名篇也有很多，但那需要从写作者之外的他者来看，是孤立地看。一个经历了漫长诗路的人，在其一生的劳动与判断中，必会有个人独到的眼光，这眼光不是他人能够取代的。

纯度很高的咏叹

　　具体写一部长诗，初稿也许不会花很长时间，因为也就是一两万字。但是蓄积力气，寻找机缘的过程会很长。大部分时间写写散文类的文字还可以，要写诗，那可不是一件小事。仅仅是精神振作了高兴了也不行，那也不一定出诗。沮丧当然更不适合写诗。有人说愤怒出诗人，那是一般的谈谈而已。诗的产生状态大概是最复杂的，不同的诗一定有不同的入口。深深的爱意，感激，伤痛，自我疗救和慈悲的抚摸，这一类情绪和状态综合一体，肯定是诗人经常遇到的，也是最需要的。一部长诗就像一曲纯度很高的咏叹，起落波动是很大的，这之前还要有长长的宣叙做铺垫。所以，我虽然没有一气呵成，但肯定是在一个大的情绪笼罩下持续工作的。所以说，没有比写诗再耗力气的事情了。

最靠近音乐

在所有的语言艺术中，唯有诗，这里说的是狭义的诗即纯诗，最靠近音乐了。有人可能搬出一些古代的所谓现实主义诗歌代表作，还有一些叙事诗和朗诵诗，指出它们的朗朗上口易懂好解，语义鲜明无误等。这并不是说明问题的好例子。因为我们这里讨论的是现代自由诗，不是"广义"的诗。真正的诗，纯诗，不可能用其他的文字方式取代，比如它的表达，除了用自身的形式，换了散文论说文以及小说等任何方式都解决不了。这样的文字形式才有可能是诗。诗是不可替代的。回到这里，理解一首诗的诠释也就方便了，就是说，一部纯音乐作品的诠释方法有多少，诗就有多少；前者的空间有多大，诗就有多大。不同的人做出不同的诠释是完全正常的。但大的审美方向与格调还是被一首诗或一部乐章给固定了的，这种固定的方法我称之为"诗螺丝"，拧在一个地方，使之不能移位，跑不走飞不掉，也就是成了。比如贝多芬的《命运交响曲》，一般不会被误读为一首小夜曲或圆舞曲。

还是李商隐

　　我喜欢的中国古代诗人太多了，屈原、李白、杜甫、陶渊明、李商隐等等。就诗艺而言，就与现代自由诗的距离而言，当然最重要的还是李商隐。他最靠近纯诗的本质，更接近音乐的特质。中国古代大诗人的主要作品中，广义的诗占了很大的比重。但他们最好的代表作，他们的标志与高度，当然还是狭义的诗，是纯诗。没有这一部分，也就没有了魅力，没有了鬼斧神工的迷人之力。但是从另一方面说，如果没有大量的写实诗叙事诗，没有议论诗社会诗和纪事诗，他们的广阔性与复杂性、深深介入的热情、强烈的道德感，这一切综合而成的诗性的力量，也会大大减弱。由此看谈诗和诗人既是统一的，有时又是具体的独立的。只有"三吏"、"三别"、《卖炭翁》一类，没有《月下独酌》《锦瑟》一类，中国的诗和诗人也就太单一了，诗性也就大打折扣。这样谈诗，主要是诗学问题，还不是大众话题。

无可比拟的功能

诗在表达人性的复杂与曲折，甚至在它的神秘性方面，与小说相比可能没有强弱的差异，但有方式的不同。最微妙的元素由诗表述更好，但又不能像小说那样细微曲折和烦琐，不能过于具体。但是该有的元素它都有，也都能表现。诗的含蓄与概括性还不是其主要特征，它的精微与偏僻，更有边界模糊的深阔，由此抵达的无限，才是它的最大魅力所在。诗的表达方面不尽具体，这种局限由它的另一些了不起的长处给弥补了。比如音乐，也是这个道理。音乐与记述清楚的文字，特别是散文类相比，固然含混多了，可是它的抗诠释性、多解性，以及由无数人无数方向挖掘和创造的可能，又变得极其宽广不测了。音乐的力量，它的无可比拟的功能，也就在这里。

精神气格的意义

　　小说太靠近娱乐了，太依赖故事了。尽管后来小说的地位已经上升得比较高了，比如梁启超将它定位于一个民族性格最重要的塑造者，重要到关乎国家的未来，但我们也注意到，梁的界定虽然成为不刊之论，却毕竟是从事物功用的立场上谈的，而不是从精神气格的意义上谈的。就精神与人生的高贵追求来说，小说仍然有落魄气和末流气。诗最高，关于自然大地的言说也很高。

　　小说除了娱乐功能太强，还有进入商业时代之后的商品属性太强。我在心里疏远小说，却一直未能免俗，甚至就自己的几种体裁来说，小说的写作量和影响较其他更大一些。这就有些尴尬了。不过我深知作为一种语言艺术，小说高超的蕴含和表达是多么令人神迷；另外，现代主义小说的边界已经大大不同于传统小说。就此来讲，传统的现实主义小说通常在文学性上很难足斤足两，所以凡优秀作品一定要具备当代文学的先锋性，当然不包括"伪先锋"。这也是我最终未能放弃小说的一个原因。

我对于古典的解读大致局限于诗的领域，就出于如上的认识。我面对古代大经的态度也说明了这些想法，认为诗人们才是了不起的。尽管中国古典诗作中的一大部分不属于现代诗的范畴，它们仍停留在言说和叙述的层面上，但相当一部分代表作，其中最优秀者已经是纯诗了，比如《诗经》中的一些篇什，比如屈原和李白、杜甫，比如李商隐等。真正的诗，狭义的诗，其实是最接近于音乐的。我们在古诗学方面曾经有过一些不靠谱的论定，比如把某些诗人一个时段的代言或叙事作品，视为最了不起的"现实主义杰作"，可能就是诗学的误识。这严格讲并不是最好的诗，也不能算诗史的代表，而是富于诗意的有韵文字。"诗意"与"诗"还不是同一种东西。"诗意"浓烈到一定程度，并赋予相应的形式，才会变成"诗"。我们长期以来总是将"诗意"与"诗"混为一谈，这是审美和精神格局上的缺陷。

在一些古代诗人中，就人生的意象和境界来看，我最喜欢的还是陶渊明。他的农耕生活除了最后的贫穷潦倒，总能深深地吸引我。他的酒和菊多么迷人，他的吟哦多么迷人。我们做一个陶渊明并取其畅悦的理想的一面，是多么好的人生设计，可惜这不过是一厢情愿。

2021 年 2 月—3 月

图书在版编目（CIP）数据

挚友口信／张炜著. --郑州:河南文艺出版社,2021.7
ISBN 978-7-5559-1164-7

Ⅰ.①挚… Ⅱ.①张… Ⅲ.①诗集-中国-当代 Ⅳ.①
I227

中国版本图书馆 CIP 数据核字（2021）第 090357 号

书名题字 张 炜
木刻插图 刘 岘
选题策划 陈 静
责任编辑 陈 静
责任校对 梁 晓
书籍设计 吴 月

出版发行 河南文艺出版社
本社地址 郑州市郑东新区祥盛街 27 号 C 座 5 楼
承印单位 河南瑞之光印刷股份有限公司
经销单位 新华书店
纸张规格 889 毫米×1194 毫米 1/32
印 张 6.5
字 数 120 000
版 次 2021 年 7 月第 1 版
印 次 2021 年 7 月第 1 次印刷
定 价 68.00 元